EXPLOSION

真夏あむ

七月堂

目次

EXPLOSION

pnk

きみはいつも死にたそうな目をしているね、笑っているのにどこか寂しそうでなにかを求めることも諦めているみたいな、そんな廃墟みたいな寂しさがあるよ、なんて言ったらまた困ったように笑うだろうから言わないね。生きる呪い、生きる術、愛の表し方、ぜんぶキモい？ピンク色だらけの装飾物がきみの仏花みたいで、すべてが尊いよ。ほんとうはそれ、戦うための武器とかじゃなくて死に顔をかわいく見せるための最後の足掻きでしょ。知ってるよ、かわいくないなあ、馬鹿だなあ、はなから強く生きようなんて思ってもないくせに。まあ死ぬより生きる方がかわいいもんね。きみのすきな超歌手の言葉を使ってきみはいつも生きたいふりをしていたね。ピンク色の剃刀で腕を切り開いて未来を閉じ込めて、お姫様になったみたい。牢獄の中に押し止められた夢は蛍光灯で夜の虫みたいに光って汚い、歌舞伎町の外れでしゃがんで、来ない人を待つ惨めな女の子みたい。指先でスマホの光をタッチして連絡を待つ、死にたくなっちゃったから会いに来て。きみはいつも眠そうな目をしているね。薬を飲みすぎた？目が回るためにコーヒーカップに乗ってわざと酔って気持ち悪さを作っている、気持ちいいのためにゲロを吐いている。劣化する産道。ぼくのぼくを植え付けられたらちゃんときみは花になれるかな。でも花はいつかは枯れちゃうもんね。じゃあ蕾のままでもいいのかな。でも蕾だって重さを更新するといつかはボトって地面に落ちてしまうよね。ああ、残酷！きみのお墓をたくさんのキラキラのシールでデコるね、お供え物はどろどろに溶けたアイスクリームとほろよいのいちご、いちばん盛れたプリクラ。ちゃんと生きてみせるって言ってたあの日のきみはもしかしたらきみじゃない誰かだったのかなあなんて回想して、でもきみは頭がおかしかったから、そんなの日常茶飯事だったのかもね。トランプみたいに、切って捨てるような人格。回るメリーゴーランドに死んだ夢を乗せていつか肉体のあるお姫様になれたらいいね。年齢も過去も血もない世界でかわいくなれたらいいのに。死んでもかわいいよ。保証する、きみの瞳がうっすらと色づいた時にだけ咲く花、心臓の高鳴り、ぐちゃぐちゃになった肢体、アスファルトの鮮血。手紙の追伸でやっと知れたきみの気持ち。生き続ける透明さを抱きしめさせて、なんとなく美しく聞こえる言葉でぜんぶを誤魔化していた。これを愛と呼ぶには少し汚なすぎていたね。

魔法

ピンク色に血塗られたステッキを振る。

大人になるための呪文、少女の呪いを解く魔法、青春を食べていたときのわたしがなんとなく口ずさんでいた、空っぽの歌。

校庭に群がる同級生の声をイヤホンでかき消して、自由帳に吐き出した宇宙を拡張していた十五分休み。黒板にぽつぽつと光る白いチョークの文字のすべてが一等星に見えた。

窓を開けたら桜の花びらが入ってきてしまうから窓を閉めてと先生が言う、春の匂いを遮断する春色のカーテンの色はあの子の下着の色に似ていた。

溶け続けてゆく青春のこと、手を伸ばしても届かない夏のこと、海のきらめき、蝉の鳴き声でかき消せるほどの叫び声じゃないよ、無限の最大音量を探し求めて、だから、五時の鐘もチャイムの音もミュートした。

少年少女じゃなくなってゆくみんなの背が伸びるのをせき止めるように入道雲が襲ってくる、冷えた麦茶が倒れて、夏休みが始まる、七月二十日。

消失したものばかり幻想にしてしまうわたしのピンク色の部分を愛してくれるひと、わたしを大人にするってことは、そういうことだよ、大人になると人生の季節の七割が冬ってかんじがしてずっと寒い。

夏の温度は人肌と似ていて寂しさが少し紛れてセックスとかしなくてすむし、端っこだけ少女になれた気がして死にたくなくなるよ。あたたかいココアを飲みたくなる気持ちは性欲と紙一重で吐きそうになるし、サンタさんを信じたふりでモテたがるのもうまくなってきた。

ピンク色に染め上げられたアダルト的な棒を振り回して、女の役を演じるあの子のツイートはずっと水色のまま。

愛のスコール

古い線路をまもるように転がる石は、電車にぶつかって粉々になった少女の骨なのだと君が言った。初夏。

匿名で私に助けを求めて来る女の子になりたい。私が私に助けを求められないことが私の人生において最大の問題で、どれだけ綺麗な言葉を選んでも与えても私が私である限り私は私を救うことも抱くことも騙すこともできない。

地獄を孕んだ音楽しか聴けない。
バカでかい概念みたいな希望を歌うだけのアーティストほどえぐい不倫をする。

いけないことを気持ちいいと思えたことしかなかった、マニュアル通りに進む物事がつまらなくて仕方なくて普通の女の子のふりがうまくできなくて、流行りの恋愛映画が見れない。死にたいとか全部嘘。

煙草の煙で見えにくくするほどじゃないくらいリアルがクリアで、どんな小説読んでも映画見ても全然足りないんだ、刺殺より毒殺より絞殺で人を殺したくてその欲望だけで駆り立てられて生きている気がする。

私は私を殺したことがある。私の毒で。飴を舐めるみたいな感覚で催眠剤を舐めて溶かしている、胃液が水色になって、死にたいという言葉を現実味帯びたものにしている明け方がいちばん生きてるって感じして、誰かを殺したくなる。後押しするような歌が自殺幇助としてインターネットで叩かれる現代、私の好きなバンドマンは未成年淫行をして炎上していた。爽やかな夏のはじまりに、殺めたいくらいに強く恋をしていたあの子が東京のビルから飛び降りて亡くなったことをYahooニュースで知った。トレンドにも載らないくらいの小さな死に値するものなんて著名人の性癖暴露くらいの驚愕レベルで死ぬ意味無いと思ってしまうな。

大丈夫、君は僕が好きだよというセリフが流行って、大丈夫じゃない、だって君は僕が好きな君が好きなのだから。

わかってしまうことが切なくて苦しかった。

だからいっそ殺してだめにして、隠喩できないくらいの残酷さで僕を嫌いになって。

初夏の情事の後、君が残した、僕が最後まで掴めなかった君の音を、高架下で転がして川に投げた。

mine

全てが偶然の産物で、それが産まれるたびに道が膨らんで、だからわたしの道はでこぼこで、ひとつも、ひとつも、地続きなんてないんです。

フラットに生き続けるというのは脳死の連続で、消しゴムみたいな白い錠剤で感情を消し去る度にカスが出てお風呂に入らなきゃいけなくなる。

神様にしてくれれば誰でもよかった。

作戦とか仕事内容とかどうでもよくて、わたしがわたしに向ける性欲や狂ってるくらいの自己愛をそのまま伸ばしも凹ませもせずに頭の先を撫でてくれるようなのしかいらんかったな。すぐ気持ち悪くなっちゃう。

妊娠線をなぞるようにタトゥーをいれたい。

命を尊いと思えるのは浅い力み方しか知らないで生きてきた人たちだけだろ。

わたしたちの感性なんて、二四時間テレビに吸収されたらすぐに終わる。

喜怒哀楽の中でいちばん繊細な感情は哀で、哀で地球を救おうとしている　繊細な感情ほど利用しやすいから。

消費されるわたしのわたしへの愛着。

冷蔵庫に貼ったシールを剥がしても白くてべたべたしたのが残って、通行人Aに中出しされて、お腹に残ったたぷたぷをたしかめるように日曜日の午後を消化したこと思い出した。

なんにも消えないで。さっき食べたほうれん草が奥歯に詰まってうまく笑えない。使い捨てのフィルムカメラはもう使い物にならなくて、それを隠して君を撮ること。透明な現像。透明な現象。透明な減少。不透明な幻想。

曖昧な所有。

君のマインドを子宮に置き忘れたい。

金木犀、煙

季節というものは都合のいいセフレみたいだと、値上がりした煙草をふかしながら考える。

ちょうどいい好きな温もりに飽きたら冷めて、カレンダーをめくるみたいに簡単なさよならを繰り返していく。

金木犀の香りは好きだけれど、これを香水にしちゃうとなんか違うんだよなあ、好きって言葉に似ている気がする。ふと思った時とかふと感じた時はすてきに思えるのに、形にするとなんか違うなあってもの、この世には多すぎるよね。

だからわたしたちには、指切りも交際も結婚も絶交も要らないのにね、ほんとうは。

インスタントの感情をそのまま写真にできたり珈琲にできたらよかった、そうすればこの世にも愛があるって、映画みたいだって思えたかもしれないな。

青い春を五万円で売って、白い下着を買っていた。純白は売り買いできるものだと知ってから、真っ直ぐ歩けずに、ただ伸びる影を見ていた。

秋の夕暮れは、街全体が廃墟の遊園地になったみたい。

キックボードを飛ばした帰り道、影踏みの真似事はもう終わり。

援助交際

わたしはわたしにかける可愛いという言葉をわたしに対する冒瀆だと思ってい
て、二日に一回外に出てお風呂に入るくらいじゃ落ちないものがあって、一回
バッド入るくらいじゃ落ちない地獄があって、もっと下に行かないと見れない
ものがあって、なんかのアニメみたい、ヘブンを探していたらなりたくない女
の子になってた。
あのとき語った将来の夢の代わりになれなくて大人の自分に慣れなくて君を刺
し殺してばかりいる。
夢を語ること君を犯すこと君の思想を殺すことツイートすること
摑めない君の輪郭を点字をなぞるみたいに、追って、なぞっていたら、君はわ
たしで勝手に気持ち良くなっていて気持ち悪い、と、難しぶってるそのへんの

変な女の子みたいなことばっかり言う。君は。

恋文を綴ることさえ自己愛の延長になってしまう軽薄さを知らない人とその日に愛の交換できてしまう軽率さを恥だなんて思ってないからここまで生きてこれたんだよ、わかってる？

返事が来る前に左スワイプするようにわたしたちの縁、なかったことにしてしまおう。

援助されて助けられるくらい君は強い女の子じゃなかったし、弱い女の子でもなかった、名前がないからすき。言葉にできちゃうからきらい。わかったらつまんねえか。君の思想だけでできたパフェのいちばん奥の方をすくって、救って、これでやっとわたしたちは。これでもまだわたしたちは。女の子だけの天国なんてないってこと作れないってこと、こんなことしてる君がいちばんわかってるはずよ。

重春

スポーツブラなんかじゃまもれない思春期の胸を、あのひとは幾つも知ってい
る。
沈んで溶けた練乳みたいな夕焼けが職員室前の大鏡に反射して、もし今ここに
女の子が来るとすればその子はきっと幽霊だとおもうよ。
160センチの女児服ってそれもう大人の服なんじゃないの、そう思いながら
フリルのついたワンピースを籠に入れる。
籠ってなんだか牢屋みたいだ。更衣室に似ている。
幾つになっても破れない少女の膜を守りたくって、毛糸のパンツを履いている。
乳白色をした肌が、精液で上書き保存されてゆくのをぼうっと見ていた。
透明な言葉ほど伝わってほしい、伝わらない、伝えたくない、宇宙の果てに行

くこともできないぼくらを嘲笑うための神さま、吸殻の積まれた天国。
校庭の真ん中で新鮮な生命を自慢していた男の子だけが正当だった。地獄を語ると潰される歳になる前に死んでしまおう、正当になりたくて足掻く惨めなやつになる前に。

プール、彩度をもうすこし落として。

春に殺されるのってダサい

春は、地上に引っ張られる力が強くなる気がして、死にたいと勘違いされる。磁石みたいに惹かれ合って血が飛び散って僕の臓器が僕のものではないただの物体となって風に触れたとき、初めて僕は僕をちゃんと観察できているような気がして、ものすごい皮肉で、これを今曲にしたらとんでもないぞと思ったりもして、四月。

僕はほんものの絶望を知る前に死にたい。踏切の音がはやく死ねはやく死ねはやく死ねと言ってるみたいに聞こえると精神科医に言ったら薬を増やされて、頭のおかしさを治すために出される薬を飲めば飲むほどますます頭がおかしくなってきている気がする、というのは誤解だろうか、いつ治るんですかこれは、いつ救われるんですか、救われたら死ぬ程度のアイデンティティですかカリスマ性ですかとぶつぶつとひとり壁に向かって投げつけている。恋してる時よりぞくぞくする。

僕には才能がないから必死で僕を取り繕うしかなくて、美術館に行くといつも自己嫌悪で清潔な床に頭を何度も打ち付けたくなる。何もされていないのに防犯ブザーを鳴らして誰も追いかけてこないのに逃げたくなる。お巡りさん助けてと言いたくなる。誰も助けてなんかくれないのに、嘘だ、きみは嘘を言っている、かまわれたくてやっているんでしょ、大丈夫だよきみは君が思っているよりも普通だしなんだかんだ死なないと思うよ。なんの冗談？

笑えないんだよな、おもろくないから、とかじゃなくて、おもろいとやばいは紙一重だと思わない？だって人殺したときがこの世でいちばんおもろかったよ。と言った時のきみの顔がこの世でいちばんかわいかったよ。

殺人のニュースを見るたびに、被害者が自分と年齢が近ければ近いほどに、自分が犯人になったような気持ちになる。バレたくない。バレたくない。バレたくない。世間に逆らったら殺されるくらいの僕は、もう子供じゃないから、誰にも守ってもらえないし、女の子じゃないから嘘をついてもかわいくないし、死にたいのは僕だったよ。

桜が散って、やっとマスクを外して声を出せる。矯正器具に「あ」が詰まって取れない。喉の奥に引っかかった、今朝飲み込んだ精液が、魚の骨が、挨拶が、なんかこれを吐き出すのは告るより恥ずかしいことのような気がする。あまり先のことは考えたくないな、だってきみ、本当に天国なんてあると思っている？かわいこぶって言うの全部なしにしようよ。本当しか産むな殺すな出すなと何度言ったら！と茶色く染まった髪を思いっきり引き抜くとき、きらきらきらきらきらきらきらきらきらきらきらきらきらきらとぶっ刺してくるクソみたいなアイドルソングがきみの胸をぶち抜く。春が、春が、大好き。

桃色の月

青色の錠剤を流し込んでいた。

黒い湖を真っ白に塗りつぶさないとまともな女の子のふりもできなくなっちゃうような地獄の時刻は、心の黒い部分が夜空みたいな感じで深みを増して、いろんなものに怖い系のフィルターがかかってしまうね。

この世に天使はいた、とか言っていたのが科学者じゃない限り天使がいるかどうかなんて証明できないよね、目に見えるものが全てだってこの世の中が超証明してくれちゃってる。

螺旋階段を下っていく桃色の龍に見覚えがあったと感じてしまったのは、もうぼくの初めてがどこにも残っていないからだって論理の授業で習った気がする。

夢の中で銀色の魚が泳いでいた、春の肌感が心地よくて食パンを齧る。感受性の使い道なんてその程度でよかったんだよ。本来は。

生まれた瞬間にへその緒を切られる代わりに足枷をかけられて、名前を呼ばれるたびに囚人番号みたいだって思うのはそのせいかなあ。

季節のなかでは春がいちばんすきです。いちばんはやくに終わってしまうから、女の子に似ている気がするよ。桜の花びらが線路を横切って、自殺死体を思い出させる。あの子の首筋に染み付いた香水はこういう香りがしたな。季節を帯で留めて永遠にしたい恋、欠けることのなかった桃色の月。

13歳

夜中のドンキホーテで虫みたいなカラコンを買って、駐車場でマイメロの手鏡を見ながら化粧をしたい。体育の授業をサボって保健室で2ちゃんを見たりしたい。あの頃できなかったこといけないことのきらめき校則違反をしたときに初めて光る蛍の名前を知らなかったから君は名簿から外された。何回、何回死のうと思ったことがある?あの頃空いてしまった穴が一生塞がらなくて、二〇一三年に流行ったキラキラソングをショッピングモールとかで聞くたびにぼくの中の嫌いなぼくが脳みその隙間からぽこぽこぽこと卵みたいに無限に産まれて気分が悪くなってトイレで吐いてしまう。ぼくはもっと、ぼくはもうちょっと、マシな狂い方をしたかった。本名でTwitterしてみたかった。SNOWのフィルターが外れて、卒業証書が地獄の証明みたいでぼくはもう大人になりたくないと強く思って、死にたい、と初めて思った瞬間に三階の窓から塩素臭いプールに飛び込んで制服のまま溺死したいと願った。青黒く染まったスカートがあいつの首を絞めて血流が止まる時にぼくはようやくひとつのぼくを卒業できると思う。ぼくはもうちょい、若さゆえに許されることを若いうちにやっておきたかった。ぼくはもうちょい世界に裏切られてみたかった。愛されないと呟いている同い歳くらいの女の子が天使になって、たった6秒の動画で涙を流しているマシな人達が怖くて早退した。ぼくはもうちょいやりきった13歳が欲しかった。手を伸ばしすぎて血管が切れてワクチンも打てなくなった。名前を呼ばれて起立して、ずたずたに切りつけられた左手首をみんなに注目されてドヤ顔して13歳生きてみたい。天使になるかこの場で死ぬかしたかったよ。ずっとずっと。今でも。

ある真夏のこと

今これやってみたらウケるかなの学生ノリを引き摺りながら歳だけ重ねていったつまらん大人が、一度も自殺を考えたこともなく生きてきたことの方がおかしいだろうがとわたしは思う。つまらんやつだって自殺の一度や二度は考えたことあると思うよ。それもないやつはそもそも人間としても見なせない。死への渇望は、食欲より性欲より睡眠欲よりもっと本能的なもので、それをかき消すくらいの鈍感さって病気なんじゃないかと思う。死にたくならないなら生きてる意味ないと思う。

彼らのわからないとわたしのわからないは違う。

わたしのわかると彼らのわかるも違う。

わたしのわかられてほしいとこをわからないと言った瞬間の彼らだけが、

彼らのわかられてほしいとこをわからないと言った瞬間のわたしだけが、いつだって新鮮な本物だ。

甘い嘘をつくのが好きだ。

優しさは凶器になるから、狂いながら必死に狂気を隠して雨の中を歩いている。

わたしはわたしだった頃のわたしをなかったことにしたい。黒歴史なんてもんじゃない、遺伝子ごと運命ごと裏切るって決めたあの日から毎日がエイプリルフール。騙される方が悪くない？

カリスマになるか神様になるかアイドルになるかしたい。だめなら死にたい。

何回も黒染めを重ねた清純が白い下着を汚して、処女の演技なんかより少女の演技の方がずっと難しいことにその時やっと気付いた。

わたしの内側をえぐって外側に出す時、粘膜も一緒に飛び出て、それが気持ち悪いんだろうな。持っちゃいけない感情はないけど出しちゃいけない感情ならあって出しちゃいけない感情がたまればたまるほどたまらなくなってしまう。

今海に飛び込んだらウケる？

夜だった方がおもろい？

若ければ若いほど話題性ある?

ねえわたしは、有名になりたい、誰かのものになるよりももっと、自分のものにしたいものの力がずっとずっと強くて、ずっとずっと手を引っ張られているの、重力に逆らってでも生きたいと願った。

血液型占いで、きみと相性いい血液型になりたくて嘘をついた。AとかOとかBとかABとか男とか女とかそんなので分けられる運命なんかじゃないはずなのに。

わたしがきらめく瞬間だけ目を見張ってて、わたしがきらめいてない瞬間はまばたきしていて、常にわたしは、きみがかわいくしたままのわたしでいて、そのまんま、消えたい。

アナログなままのわたしで止めて、再生すれば更新されてしまうからそれが怖い、新しいわたしを受け入れられることはさっきまでのわたしが否定されることだ。

狂ったかわいさか、かわいい狂気しかほしくないな。そうあることでしか世界に必要とされたくない。

わたしのわがままや嘘がまかり通る世界を、魔法を、地図を見ても教科書を見ても載っていないわたしのわたしだけの希望を、壊して。壊して。壊して。すぐにありえない話をするきみがすきだ。ほっといたらすぐどっかに行っちゃってもう二度と会えなくなっちゃいそうなきみがすきだ。

幻になれないからせめてわたしは、

死にたい気持ちを春のせいや夏のせいやきみのせいにしたくないからバレる前にさっさと終わらせます。女の子ははやく儚く散った方がかわいい。バカみたいな幻想。きみはきみを神様にできないから宗教を信じるしかないんだよ。星が、左手薬指に反射して、きみは一等星なんかじゃないんだと、こんなのわかっていたと、言い聞かせれば聞かせるほど、仲良しごっこしようと地下鉄の線路から手を伸ばしてくる。わたしはわたしを殺す前にほんとうはずっとおまえを殺したかった。

子供に名前を付けるみたいに、わたしを殺したいわたしの感情に名前を付けることをしたくない。だからわたしの幻もわたしの感情もわたしがわたしがぜん

ぶ、ぜんぶ、ぜんぶ、最期という言葉はお葬式みたいな匂いがするから嫌いで、
終わりという言葉は悲しすぎるから嫌いで、だからもう、これで最後だね。
死にたいと願う前に願いたかったものを短冊に書いて書いて書いて書いて書い
て破って、何もかもだいなしにしたい。だいなしにさせてね。

七月　誕生日に自殺できたら伏線回収みたいで気持ちいいでしょう。
七月　七夕に見た流星群さえも幻だったのでしょう。
七月　わたしが始まってわたしが終わった季節。
さよならまでかわいくいてあげるよ。

安定剤

死にたいなあなんて思う日はだいたい空が晴れていて、鬱が腫れていて、こどもの声がころころと聴こえて、風が涼しくて、最高に生きてる感じしちゃう気候で、こんなのおかしいよなあ。

地球の恩恵とちぐはぐになっちゃう脳みそを叩き割るために、バカになれる薬ばっかり飲んでいる。

空っぽにならないと生きられないなんて、若い女の子みたいでやなんだけどなあ、穴がぽっかりと空いてれば結局必要とされるんでしょ、男にも社会にも。

完全なものって固くて入り込みにくいって、今日も高給取りのひとのツイートがうるさい。

フェミニストになれるくらいのものをかき集めるのさえめんどくさいから弱いふりに適合してるわけだけど。
それでもわたしは桃色のケーキがすき、黄緑色の夢を見てまどろんでいたい、午後の陽射しと交わっていたい、このまんま。

誰からも必要とされたくない気持ち悪い、誰かの必要欄にわたしがはまって、歪なジグソーパズルみたい。
絶対不安定でいたいな。

気持ちが落ち着く前に死んでしまいたい、焦る気持ちがあればあるほど生きてるって感じするから宿題もギリギリまで溜めちゃうしトークも100まで溜めちゃうし、今ドキの女の子って感じ。

渋谷で買って、結局着ない服ばかりが増えてゆく。

そんな程度の邪魔が更新されて、歳を取っていくんだね。
歳を取ったら楽になるだなんて凡庸なこと言わないで、わたしは今のわたしの
悩みが好きだよ。

夕暮れの教室の隅、グミをかじる銀歯、マスク越しの空気の不透明さ、チープ
な香水の匂い。
全部全部、わたしが殺した。

きのう見た夢の色の絵の具がまだ、この世にない

これわたしにしか見えてないのかもしれない。そう感じた瞬間のわたしはこの世界で特別かもしれないっていう感覚と、わたしはこの世界でたったひとり孤独なのかもしれないっていう感覚が交差して、頭の中の大量の歩行者とでかい車が事故を起こして大惨事になっている。渋谷のスクランブル交差点の信号が赤なのに思いっきり走ってクラクションをブーブー鳴らされて周りの人達にいやな目で見られて都会特有の生ぬるい風がいやに冷たく感じて頬に刺さってああ、生きてる、わたしは生きてる、そう言って笑っている。隣にいるきみは誰だっていい、わたしはわたしといられればいいよ。あの世の子供番組みたいだよね、これって。今のこれをＰＶにしたらきっとコアなファンが讃えてくれるんだろうと思う、お前らは他人が作り上げた作品と自分の不幸を重ね合わせる

ことが好きだから、わかるよ、わかるよ、わかるよ、きもちいいよねそれって。聖母マリア様が脳内を横切って薄水色の残像を残す。お葬式の後に残った骨みたいだ。水玉模様の雨ガッパが小雨に濡れて春の暗喩だと思う。ねえあの頃水たまりではしゃいでいたわたしは今どの記憶の箱の中にいるの。取り出してみたくてがりがりと色んな蓋を引っ掻いていたよ。そのせいで深爪になって周りの女の子たちみたいなかわいいネイルができない。なんかあんたって生き急いでるよね何にも追われてないのに、と幸運そうなやつに幸運そうな指摘をされてああそうだよと思う。昔のロリータ雑誌に載っているド派手でフリフリなお洋服を着た女の子たちがだいすきだった。その子だけのその子の国のたったひとりのお姫様。試行錯誤しまくって作り上げたボロボロの世界はこの世で、幻と記憶の次に美しいものだから。きみと会って話がしたい、なんだっていい、最近好きなお茶の味がどうとか最近好きなお香の香りがどうとかどうでもいい話で盛り上がっちゃってわざと終電を逃そう、お揃いの枕の位置でふたり似たような夢をみよう、一緒に携帯で映画を見るみたいに。夜の暗い部屋の中で眩しく輝く星みたいな映画の光が、ふたりの頭を貫通して手を繋ぐよりもっとすごいことをさせてくれちゃってる。わたしが手放したはずの数々の星屑を拾い集めて砂浜に並べる。小さい頃に貝殻を集めて、なんだか夏を集めているような気がする、と一瞬思ったその感覚を忘れないでいたい。初恋なんかよりよっぽどよ。あしたネットで新しくみつけた古着屋さんに行こうね。みんなが近付かないような不気味でかわいいお化け屋敷みたいなピンク色だらけのお店に行こうね。ホイップクリームにいちごを砕いてぐちゃぐちゃに掻き混ぜていた。もうそろそろお目覚めの時間だよ、だから、わたしたち、もうすこしだけ、もうすこしだけ、このままで。

超新星残骸

親友のあの子が自殺したらしい。二五歳なのに中学校の制服を着て、浴槽に顔を沈めて死んでたんだって。あの頃聞いていたCDをゴミ袋にいれるたびに、これはあの子と僕との呪いとの断絶だ、と思う。あの子の呪いをといてあげたときのことを、体育の授業中にスプリンクラーが発動して騒いだときのことよりずっと鮮明に覚えていて、なんだか悔しいなあ。大好きって言うよりごめんなさいって言う方がずっと簡単で、このだめんなっちゃった脳を叩き潰して、家の電気を思いっきり叩いた時にぱらぱらと落ちてくる蝿の死骸みたいな黒い欠片を積み重ねてもう来ない朝を待ち続けているような顔をしてみる。ぼくはこういうことばかりが得意になってしまった。流れ星って宇宙の屑らしいよ。知ってた?ぼくたちは宇宙が排出したほんのちょっとのゴミにこんなに感動していてバカみたいだよねって、薄汚いラーメン屋で、生ビールを片手に無防備に笑うあの子の、赤く黒ずんだ腕。死んだあとの骨を見るのが嫌いで、なんでこうまでして現実を受け止めなきゃいけないのかって、そもそもなんで現実は受け止めなきゃいけないものだという決まりがあるのかって、不思議なんだ。ぼくたちはもっと知るべきことがまだまだあるはずなのに。灰になっちゃったあの子の肉体が、もうこの世にない感情が、感覚が、少し色褪せた写真には永久に残っていて、0時を指した時計の長針と短針が、0時1分になった時みたいに、かちり、とずれる、みたいな感覚。死ぬとしたらあたし爆死がいいな。そう言っていたのにな。あの子のおかしくなっちゃった頭を殴って殴って殴って殴って、あとは残ったものが星屑の残骸みたいなものだけになっても、ここにいるじゃない、ちゃんといるじゃない、って大泣きしながらそれを、星の砂みたいなそれを、かきあつめてぼくの性器にぐりぐり塗りつけてみたい。呪って。もっとやれるでしょ、こんなもんじゃないはずだよってだらしなく懇願して、果てるまで執着しつづけていようときめたんだ。もしもまた会えたら、ヤるより先に刺すより先にツーショを撮って印刷してそれを河辺で燃やしてゲラゲラ笑いたい。きみのすきなコンビニはなんだったかなあ。黒く湿った制服の袖が、援助交際をした時にドンキで買った簡易的な制服のコスプレの色に似ていると思って、何度も何度も何度も何度も刺したくなる、沈めたくなる、壊したくなる、記憶を、残像を。ぼくの祈りは呪いに似ているんだよ。だからこのこと、誰も忘れないでいて。あの子の訃報を聞いたときのあの激しい興奮を超えるものがこの世にないって気付いたとき、ぼくは、ああ、この斬新な絶望がぼくにとっての、ぼくにとっての、と考えて、睡眠薬をいつもより多めに飲んじゃって、半日寝て、目覚めて、オナニーして、そっからまた寝た。ぼくがやってやりたかった。大きな石で潰された大量の蟻を煙草の副流煙で吹き飛ばして、新品のスニーカーで踏み潰した。こんなふうに跡形もなくなってしまうんだよ。きみが生きてきた軌跡も。呆気ないはかわいい。あれを超える一瞬をぼくは探し求めている。ぼくがぼくをやるまで。

ぼくはぼくを

朝の世界に進んでゆく人たちの服がすべて喪服にみえて、死人みたいなぼくのつま先を曇りの空と並べてぎりぎりと音を立てる。ぼくはお前らなんかよりもずっとずっと前からとっくのとうに始まっていてとっくのとうに終わっちゃってるんだ、それを詩にしている時間は昨晩セックスした女の子のさらさらした黒髪を梳く時間と同じくらいに心地よくて、どうだ、お前らはこんな気持ち知らないだろう。惨めだなあ。惨めだ、生きていることがこんなにも恥ずかしくて惨めでダサくて往生際が悪くて、どんな言葉でどんな格好でどんな表情でどんな擬態で取り繕っても生きている限りダサいことには変わりないんだよ。死に損ねてからの数年は、時代遅れのTシャツを着た秋葉原のオタクみたいな感覚でしかもそれに気付かないままぼくはぼくを生きてしまっていて、ああ、死にたいなあ。死にたいなあ死にたいなあと呟くほど目の前が鮮やかに見える。不合理な美しさと不規則なかわいさ。ぼくはずっとぼくを殺したかった。姿形を変えないままで愛してみたかったし伸ばしてみたかったし殺してみたかった、なんて、夢のまた夢の話で、だってぼくはぼくが大嫌いでしかたなかった。フェンスを飛び越えてぐしゃりという音がして青色のアスファルトが鮮血で染まってリトマス試験紙みたいだとつぶやく親指のネイルパーツ、いちごのショートケーキ、風俗街にあるラブホテル特有の受付の冷たさ、眠剤であたためた脳と布団のあたたかさ。顔にかけられた白い布が一向に冷たいままで、どうでもいい性交をしたあとの掛け布団がずっとあたたまらなくて寒くて眠れない気分を思い出した。

ぼくはぼくを殺したかった。

彼女を生かしたのは空想です。彼女を殺したのも空想です。と書かれた本の帯、美少女が描かれた表紙、電車の窓に映る、流行りの化粧と服装で身を固めた知らない女。昨日誰かに死ねと言ったことを忘れた。昨日誰かに愛していると言ったことを忘れた。昨日誰かに離さないでと言ったことを忘れた。でも離されたら嫌だ。愛されたら気持ち悪い。殺すほど人に執着できたことがなかった。ぼくはぼくを殺したい。それってほんとう?とストローでアイスコーヒーを混ぜながらきみが問う。ころんころん、という音が喫茶店に響き渡って、くりくりとしたきみの瞳をみつめてぼくは目の前にあるフォークでどうにかしたいもんだと想った。きみを殺したい、とでも言えば満足なのだろうか、この女は。そこまでバカじゃないよと笑うきみの麦わら帽子にぼくの名前を彫ってこの夏を永遠にしてしまいたい。正直になった瞬間は服を脱ぐことよりも恥ずかしくて、痛くて、ボロボロで、傷を見せたくないから死ぬまで額の絆創膏が剥がせないでいる。殺して、殺して、殺して、殺して。ぼくはぼくが嫌いだ。ぼくはぼくを全身で抱きしめる時その時最高の快感を得られることをどこかでわかっていてだからここまで生きてしまっている。愛している。愛しているからこそ離したくなる、離れる時、粘着力が強いものほどびりびりして痛いからだからそれがかわいくてかわいくてだから死にたい。きみがきみにそうしたように、強く、強く、ぼくはぼくを。

回遊

幼い頃の体温は特別で、きっと誰もがそれを心のどこかでわかっているからいやに写真を撮りたがるんだろうな。伝説にしたいものにはいつも賞味期限がついている。修学旅行の夜を間延びさせたような夢をずっと抱いている。ずっとずっとこの夜が続けばいいのになと思っていて、でもいつか終わっちゃうこともどっかでわかっていて、いつかわたしたちは進路ごときでばらばらになることだってわかっている。誰かの性癖のためなんかじゃない制服。若さが武器になるのは本当の意味での若さを失った女の子にしかない特権で、風にはためくスカートのはじっこが揺れるブランコに似ていて泣きたくなった。夕焼けにさらわれそうな一輪車のペダル。スニーカーにプリントされたアニメキャラの持っている強さとかわいさが、まさか二十歳になってまでの信条に影響するなんて思わなかったなあ。噛み終わったチューイングガムを口移しするような関係。ぱんぱんに膨らんだ水風船を割るだけみたいな夏に価値を見出す方がばかだよ。幼さとは自爆だ。若さは呪縛。きみの黒髪が入道雲と性交してコントラストを生み出していた。初恋はレモンの味がするらしいってなんかの少女漫画で読んだ気がする。ぼくのレモンは誰にも言いたくないやり方で絞り切ってしまったからもうなんにもないけど、なんでもあるふりして生きるのが上手になってしまったな。拝啓、十年前のぼくへ。ぼくはぼくをいまだに下手くそに生きてしまっていて、上手に殺すのだけがうまくなってしまった。きみはきみの熱を殺すことだけに集中して。信じて、きみがこの世界の中で特別に美しいことを。

夕方アンチ

リストカットしたところから、ぷつぷつと天使が溢れて飛んでいく。

うさぎのしっぽみたいなつまさき。

桃色につやめくきみのゆびさき。

不特定多数に不安定ないいねをもらってないと心がすかすかでおかしいや、ぼくを救える人間がこの世にぼくしかいないことなんて、中学校を卒業するより前にわかっていたことなのに。

簡単な言語で挨拶をして、最初の掴みはこれでOK、あとは脳をじゃぶじゃぶと洗うだけ。

ぼくの脳汁に漬けて染めるから、逃げ出さないか見張っておいてね。

ひとつのふきだしのなかで何についての会話かわかんなくなってきたが2回く

らいあって、彼はこれを転調と呼んでいて、だからすきだったな。

ぼくの目の奥みたいな色をペンキにして漬けたみたいな色のマスカラを睫毛にべちゃべちゃと塗りたくって、焦げかけのトーストをかじる早朝。

夜が朝になる瞬間がすきで、夜更かしがやめられない。

カーテンの隙間から見える太陽光がやわらかいのは、きっと朝日には天使が混じっているからだって本気で思っている。死にたくならない。


夕方は死にたくなっちゃっていけないね。

オレンジは眠くなるし、すっぱすぎる。


甘くてとろとろしたものしか愛せないから、夜明けの空港がすき、朝方のカーテンの隙間から手を振る光がすき、あの子の抜けた歯の隙間から見える宇宙の堕とし穴がすき。

春はあったかいから、頭がおかしくなった人が増えるらしい。ぼくもその一員かもと言って笑っても、笑わないで、それでも否定も肯定もしないでね。

きみに都合のいい電波数を毎秒選んで、毎秒違うチャンネル見せて。きみは朝方のテレビ。雪解けみたいな、透明に侵食された窓。産後1秒の太陽を捕まえろ、生活リズムの鍵を握ってしまう強めの魂で、弱っちい自律神経なんかをぶっ潰したい。

境い目

夕方に起きると、好きな女の子を無理やり犯したときみたいな気持ちになるから嫌いで、無かったことにしたくて、この現実よりグロくてドロい映画を再生する。３５０ミリリットルの缶チューハイとカップラーメンで不幸を麻痺させて、ぼくはぼくに眩暈がする。ねえもし、この世に魔法があるとしたらさ。

頭が痛い。

あのね、腕を切っても痛くないのはそれ以上に心が痛いからなんだよ。なんてのは嘘で、弱っちい女の子の演技をするのは容易くて、だから割とまともに見られているんでしょ。ぼくなんかでも。

人を殺す映画を見るとぞくぞくする。なんてのももうこんな世の中になってしまえば普通のことで、厨二病アピールとか言われてしまうからそんなこと言いたくなくて、腕も切りたくない。

ぼくにとっての天国は、この地獄の輪郭を歪ませることだけで、その手段としての壊しかたや狂いかた台無しのしかた、ぜんぶどうでもいいから壊せるわけで、だからこそどうでもいいものしか作れない天才になってしまったわけだ。

きみもそうだよきっと。

ピンクのリップを塗ったらもうちょいましな女の子に見られるかしら。マスクしないで渋谷を歩いても大丈夫なくらい大丈夫になりたい。

社会って言葉が嫌いです。若者って言葉が嫌いです。括られることが嫌いです。ぼくはいつまでたってもぼくでぼくとぼくじゃないものの境界線をまたぐ瞬間きらめく星、夕方と夜の境い目、きみときみの縫い目を割いて開く時、ぼくは、時間軸に囚われるくらいのダサい人じゃなくなる気がしてまだ、まだましになれる気がしている。

朝方に流し込む催眠剤が喉に当たってスパンコールが喉に詰まって苦しい、咳をすると夜の空が出てきてぼくは何者なのかわからなくなる。これくらいの時間とこれくらいの歪み加減がすき。ぼくはぼくの脳に無理やり継ぎ接ぎをして今の若い子と同じような洋服着たふりしているんだけどそれをぶち壊す瞬間がやっぱり最高に気持ちいいや。お願いだから同じにしないで、同じにすることで安心したりしないで。だから信条もかみさまも性別もいらない。国境なき、という言葉を使えるのは国境があるからだよね。ぼくはぼくの縫われたところを両手で持ってぶちぶちと破って燃やして灰にして灰の城をつくることだけを夢みて、歪んだ、時計が六時をさして、社会の人たちが社会の人たちになる瞬間。ぼくがぼくとして生まれてしまう瞬間。昏睡。

SMALL WORLD

閉園後のディズニーランドに忍び込んでかくれんぼがしたい。イッツアスモールワールドの中に隠れてくすくす笑ってきみが探しに来るのを待っていたい。ひみつの隠し扉の中には別次元の世界があって子供の頃は簡単にそういう場所に出入りできるから、あんまり子供の頃って思い出しちゃいけないみたいね。懐かしい感情を怖いと感じることってそれも作戦だよ。地平線みたいな彼岸花がずっと続いていて、喪失みたいな色をした蝶が泳いでいる。青くきらきらと光る定規を置いてつー、とまっすぐな波をつくる。きみが、きみがみつけられない。ずっと探していたんだよ、二千年も前から、人類が月に着陸するよりずっとずっと昔に、ぼくたちは会ったことがあるんだ。脳の奥底に、生まれてからずっと蓋をしていた玉手箱が開いてきみはおじいさんになる。だから気付かないまま死ぬんだよ。ねえまた会おうね、ここで、こっちの世界の中で、会おうね、何光年でも待ってるからね、会おうね、会おうね、会おうね、きみが離れていく、きみが手を伸ばしている、ぼくたちが引き剥がされていく、まるでぼくたち織姫と彦星みたいだねってきみが言う、天の川がきれいだ、今、今、彗星がきらりと光ったよ、ねえ、ねえ、ねえ、ぼくがきみに伝えたかったことはね。

四六億年前に爆誕した青い星の寿命がそろそろだと知ってみんなこの哀しさにも飽きてきた頃だ。漫画のページをめくりながら人類滅亡計画を企てて次はあんな感じの色の花火が見たいなあなんてぼそぼそ言う。

ねえ、見たよね、今、見たよね、流れ星を見た感覚で、ぼくたちは目を輝かせて言う、絶対言っちゃいけないね、うん、絶対言っちゃいけないよね、秘密にしよう、ママにも内緒だよ、ねえ、ふたりが覚えているか試してみようよ、二千年後、いや、二万年後でもいい、そしたら、そしたらさ、

押し入れの扉がひらいた。

もう夏休み終わっちゃうよ、宿題はやったの?麦茶ぬるくなっちゃうよ、お隣

の娘さんなんかの大会出たらしいよ。そっか、そうなんだ、ねえ、さっきまでのこと、忘れちゃった?

きみのこと覚えてるよ。ぼくはちゃんと。やっちゃいけないことしないときみに会えない。ちゃんとワープできたら褒めて。何万年越しのきみとの脳内でするキスがいちばん絶頂に近しいことわかってんだ。だから生き抜いてきたんだよ。こんな世界でも。

何度も迎えた朝を何度も迎えた三次元的に言う死を潰して潰して潰してここまで来たよね。何人の人と会った?何人の人と愛のふりをした?やっと会えたね。久しぶり、泣きながら笑うきみのことを幻覚だとか宇宙人だとか言うやつが嫌いだよ。

絶対ほんとうだって言うよ。お葬式でバカみたいに泣いているバカみたいな人達の住む星にこんぺいとうみたいなちいさな、ちいさな爆撃をたくさんしてかわいく殺してやろうね。ぼくのともだち。消える前に言っておくね、きみは、きみは、きみは、ぼくの前から絶対的に消えてしまうから、すきだよ。

電脳街

緑色の眠剤をぬるくなったサイダーで流し込んで、電波が飛び交う街に溶ける。
この瞬間を僕は夢に堕ちる瞬間より射精する瞬間よりずっとずっと愛していて
やめられないんだ。
宇宙船から君が降りてきて透明な握手を交わす。脳内でなら君と何度でも逢え
る。
アカシックレコードの果てで君の名前を呼んでいた。
春、一学期の最初に配られたはずの漢字ドリルを一日で終わらせてしまって、
惰性で過ごす四月の国語の時間、作者の気持ちを考えましょうという問題提起
が僕は好きだった。誰が何を思っていてもどうでもいいから僕はどんな哲学書
を読んでもなんにも頭に入ってこなくて、こんなものより僕の中にはもっとす

ごいものがあるぞと思う。

春の夜明けの夢が醒めるとき。錠剤に刻まれたOpen the Doorのつづりのくぼみを指でなぞる。僕の指紋が徐々に消えてくみたいに命の灯火も1秒、また1秒と消えていっているのだということを僕はすぐに忘れてしまう。

誰かがなにかを唱えている。そんな曖昧な感性の揺れ方で、気の触れ方で、僕は何を君に伝えられたかな。君に触れたい。

水色の扉を開けて宇宙との交信を夢見ていた。君に会いたい。

夜空が360度、回って、ああ、僕は元々ここにいたのだな、と思い出す。

別に肉体なんていらなかったよ。ずっとここにいてもよかった。でも僕の魂はたしかにあのとき、旅することを選んだんだ。

その運命を、その選択を、僕はボロボロのまま遂行したくはなかったから、かわいく裏切ってやりたかったんだ。

自爆。

僕はこういうやり方でしか狂えない。僕はこういうやり方でしかかわいくなれない。それでもいいって言ってくれる人ももういなくなっちゃったわけだから、僕は僕の中の君と手を取って生きていこうと決めたんだ。僕たちはたしかに運命だよね。

夜明けの街に繰り出して、ドンキホーテで買ったサンダルでぱたぱた音をさせて走っていこう、あの川沿いの道まで。きっとこの時間なら始発電車が見えるよ。ぼんやりと滲む街灯が夢の中の光みたいだね。

ほら、光の方へ。光の中へ。君は無敵だ。

この世界に僕たちふたりだけ、絶対やりきれるよって証明してみせてね。

この大切な、大切な、秘密基地みたいな世界の中で。

ゆめ

きみは宇宙が外側にあるってこと、信じますか。

きみは昨日見た夢の続きが日常にあること、信じますか。

きみは追いかけたうさぎのしっぽを掴んだ時にどこかの惑星が爆発すること、信じますか。

信じますか。信じますか。


ゆめかわいいのブームが去ってからの数年間でぼくはもうこれでもかってくらい変わってしまって、あのころ思い描いていた大人になれず、魔法少女のステッキはもうとっくに灰になっちゃってて、すべての夢や希望は簡単に燃やせるものなんだって、もう知っちゃいました。

大学を辞めて、ごまかしみたいなノリで繁華街で知り合った人と行くホテルのライターで夏に近づきつつある空気を燃やしています。

心配になっちゃうよ。きみを見てるとさ。どうしようもなくなっちゃいそうなんだよ。関係ないけど。

目覚めた時の天井の白さに絶望したことはありますか。
爆弾が落とされる日の空の青さに絶望したことはありますか。
高めのファンデーションで肌を白く塗りたくって、男を騙す仕事しかできないきみの内側のぎゅるぎゅると渦巻いている怪物みたいなピンクをぼくはまだみとめられずにいます。

夜明けの空は好きですか。
パン屋さんの隣を通った時のあの匂いは好きですか。

こんなとこよりもっとすごいとこに連れ出してほしい。


やばくなんないとおもしろいって感じられないの。

きみとやばいことがしたい。既存のやばいを飛び越えた先の童貞的なきらめきを見つけていけたらいいな。


始発電車が甘ったるい光を何個も持って青い川の向こうを走っていくのを手を繋いで見て、なんか今殺したくなったからとか言って落とそうとしてみてよ。

でもきみとは付き合ってもないしセックスもしません。


きみは現実を信じますか。

きみは恋を信じますか。

きみはきみを信じますか。

きみはを信じますか。


やっと絞り出した声の先端に、ショートケーキに添えたいちごみたいなものが確認できて、ぼくは宇宙飛行士になった気分になった。

この先が真っ暗な無限、だったとして、きみはこのどうでもよくしたいぼくの手を、握ってみることはできますか。

できるよねって目を見て言うから弱々しく頷いて。ほらね、こういうのが好きだった。

死ぬまでずっときみはきみの信じたいものに侵されて生きていくの。きみの部屋だね。きみの見たい夢。寂れた水族館の死んだ魚ばかりを見るきみの後ろ姿をじっと見ていて気付いたら十年経ってるみたいなこと。

池袋の喫煙所でなっがいなっがいキスをして終電を逃してみたいな。別に相手は誰でもよかった。

余命とは、この夢が覚めるまでの数年のこと。
きみの声で起こして。

自爆

花火大会、お盆、終戦。夏の温度は友達の体温に似ているから一瞬でもいい、触れたくなる。爆発するものは美しいと私たちが生まれる前から決められていたんだろう。だから核爆弾はなくならないし戦争は続くし宇宙も爆発し続ける、全ては美しいのために、全ては次の爆発のために。死ぬために生まれる有限の体。銀色の一本線が０・１秒で消えた。今の一瞬の「あ、綺麗」のために今、何人が酷く死んだんだろう。何人の「尊い」と言われるひとつの人生が終わったんだろう。この一瞬で。全ての動きが重なり合った時の鼓動、絶頂、私たちはこの一回の鼓動のために全細胞を流し込んでいてこの鼓動のために輪廻転生を繰り返してまでくだらない生とやらを繰り返していたんだね。またクる、またクるから逃げるために危険な遊びをして覚醒する。出産もテロもあの女の子も自爆だよね。青春も。駆け抜けた若さを粉々にしてまで私たちはわざわざ形ないものを形にしてクッキーみたいに焼いて、割っていた。眩しいくらいに透明なのに。ほんとは全部なかったんだよ。いなかったんだよ、それって全部あなた自身だよ、それに気付いた時、それを言葉にしようと思った時、どんなに苦しかっただろう。夏休みが長くて長くてしかたなくてそれでも終わる時が一瞬なのは私たちの人生のオマージュだからだよ。喉奥に流し込んだ白濁液が生ぬるくてこんなもんじゃないと思った。発光する彼方、私たちは無力で、渇望していて、渇いているのに気が付かないくらいに濡れていた。私はまだ十九歳でここは地球であの子と出会ったのは渋谷ででもそれも全部嘘だった。嘘だよ。並行して駆け抜けていくぽろぽろと零れて病気の人の髪の毛がぶちぶちと抜けるみたいに言葉が逃げていく感覚が離れていく光が、光が全てを奪っていく、行かないで、行かないで、行かないで。ごめんもう全て焼け尽くしたよ。もともと決まっていた。神様のせいより運命のせいより偶然のせいにした方がウケるよって誰かも言ってたよね。青い鳥と白い鳩の偶然性をみつける。私は気付いてしまったんだ。閃光が、爆発が、この惑星を包んでまた一つ歴史が終わる時。線香花火の先っぽがあの夏のようでまたわざとらしく忘却した。七十年。終わんないよ全部。だって始まってないもん。ねえ、ひょっとしたら私たち、出会うずっとずっと前よりさ。

夏に死ぬような少女のこと

夏にしか書けない詩があること、わかってほしいです。

夏にしか流れない音楽があること、わかってほしいです。

ぼくたちがいつか、幼い頃に手放してしまった、まぶしくてまぶしくてしかたなかった夏を思い出してしまった、まぶしくてま
いのです。ロックは、ロックは、だからうるさいのです。思い出させたいから。

青い空。入道雲。蝉の声。友達のママから貰ったポッキーアイスを口の中で溶かしてここなら絶対見つかんないよっていう秘密基地を作っていたね。団地に落ちてるエロ本の切り取りなんか持ち寄っちゃったりしてさ、なんかいけないことしてるみたいでドキドキしたよね。

あの時ぼくがうさぎが見えたって言ったこと、きっと誰も信じていなかっただろ

うけどあのうさぎはたしかにいたのにな。でも逃げちゃった。ぼくはあのうさぎを追い続けているから大人になれない。うさぎが導く方に行ってみたらよくわかんないぐちゃぐちゃな国が待ってたんだ。

面白かった。面白かったけど寂しいよ。

寂しがり屋ばかりが集まる暗がりの部屋が、お酒臭くて煙草臭くてしょうがないこの部屋が、まるであの日のぼくらの秘密基地に少し似ている気がして、あ、また集まれたんだね、と思う。なんも変わっちゃいない。

信じる光が少しずれたら人は簡単にダメになってしまうから、ダメなんてかわいくないよ、信条は、信条は、信条は、常にかわいくあり続けることだけで、ぼくはずっとそうだったな。

100円ショップでかわいいキーホルダーを集めて買ってその日にリュックに付けて、それだけでルンルンな気分になれちゃうこと。今もだよ。

もう潰れちゃったジャスコで冷たいクレープを食べてフードコートで次何しようっか～プリクラ撮ろっか～とかいうあれをもういっかいやろうよ。

きっとあれが光でしたね。忘れちゃったけど。

ねえ知ってる？星の光はさ、ぼくの口を塞いで大人ぶってるあんたはぼくにこんなことしか教えてくれない。甘酸っぱいね。

ほんとはぼくすっごくすごく幸せなんだよ。

ねえ、向こう、向こうに行ってみよう。そしたらきっともっと楽しいが待ってるから、と言うぼくの手を掴んで、いっちゃだめだ、いったらきみはおかしくなっちゃうから、とみんなが言ってくるんだ。

動物園。水族館。海。秘密基地。あ、あ、あ、いま、思い出せそうになったのに。じめじめしてやんなっちゃうねー。日焼け止めを体に塗って子供みたいな服着て天使の羽みたいなふりふりの日傘さしてスーパーにガリガリくんでも買いに行こうか。やなら電車乗って飲み行くでもいいよ。ふふふっ、きっとこれ幸せね、ぼくたち抜けられたね、あの騒がしい夜から抜けられたんだねえっていうそのたしかにある未来を、神様にしてはみませんか。どうですか。そんなんでぼくらの余命が伸びてくれんならなんかなんとなくゆるく楽しく生きれる気がするよ。

ほら、夜中のTSUTAYAの帰りが特別感満載だったあの感覚、まだ覚えてる？

なんも間違っちゃいなかったよ。
光の方を選択して歩いていこうね。だめになっちゃったら手離してもいいよ、
どうせ戻ってこれるから。
退屈なんて悪魔が作ったいじわるな言葉。
うつくしい大人になれますように。
夜明けに、少女をぐしゃぐしゃに殺したあとで。

透明な戦争

ねえこの世って、誰かが見ている幻覚なのかもしれないよね、と君が言った。僕は一瞬でも目を離したら風に吹き飛ばされてしまいそうな目の前の景色を、青空を、手放さないことに必死だった。あと一週間後には必ず死んでいる蝉が鳴いている。すべてが喪失のための美しさだと、花火を見るたびに、夏が来るたびに、思い出す。もし今、戦争が起こっていたとしたらさ、ぼくたちの病みなんか、傷なんか、なかったのかな。平和に強姦されて何もかもがわからなくなる。脳死。麻痺。麻薬。平和はモルヒネみたいなものだ。別に僕は楽になりたくなんかなかったんだよ。歴史の教科書を開いて、死ぬということの美しさをどうしても書こうとしない大人の意地みたいなものを目の当たりにして、また少し先の未来に失望する。強制収容所に押し込められて、火薬みたいにぎゅうぎゅうに狭い部屋に押し込められて、熱い、熱い、熱い、熱い。爆発。あの日も夏だった。君が旅だった朝を忘れられないように僕は、一九四五年のあの夏を忘れられないでいるんだよ。舌の上に広がる体に悪い味が胃のもっと奥にへばりついていて、あれこれなんだったっけな、何かの感覚に似ているんだよな、感覚に手を伸ばして意識と言葉を手放していく。僕は無限になっていく。散り散りになっていく。光になっていく。細胞がひとつひとつスローモーションみたいに粉々になってゆく中で、僕は君に手を伸ばしていた。蜃気楼があの世の景色に似ているのは、同じ種類の煙が出ているからなんだよ、とそれっぽいことを君はまた言って、また何度目かの永遠になっていく。円状になった虹が、パチンコで大当たりが出た時みたいに大きな爆音を立てて近付いては遠のいていく。宇宙の膨張と収縮に似ている。僕らの時代を包み込む大いなる鼓動。道玄坂の脇でおじいさんを刺し殺して、おじいさんから奪った、綿棒の先に染み込ませた薬をげらげら笑いながらくんくん嗅いで、全速力で逃走していたんだ。あの夜の渋谷の街を、びゅんびゅん流れていく景色を、高速道路を走る車の窓から見る工場地帯のきらきらみたいな流動的な景色を、僕は、絶対に忘れたくない。ぱん、ぱん、とどこかで打ち上げ花火を上げる音が聞こえる。鉄砲みたいでなんだか怖いよ、と君が言う、横顔、なんだ、君こそ、君こそ、爆薬みたいじゃないか。僕は僕を殺した平和を忘れやしないよ。死ぬまで呪ってやりたい、だから戦うんだ、見えなくても、振り下ろしてやるんだ、刀を、すいか割りをするときみたいに、一瞬で粉々にしてやるんだ。甲子園の音がする。ふと嗅いだ君の汗が、あの年の若者の流す汗のにおいに似ている気がした。気のせいかな。気のせいって言って笑い飛ばしてよ、終戦を告げる玉音放送を君はYouTubeで見つけて、風鈴のそばでなにげなく聞いている。ちかちか、ちかちかして、まぶしいよ、君がみえなくなる、何もかもなかったことになっちゃう、そんなの嫌なんだよ、美しくならないで、一瞬にならないで、君は、君は、君は、君だけは、花火にならないで。ばーん、と大きく弾け飛んだ、君のぐちゃぐちゃになった体が、内臓が、皮膚が、僕が君を最初、ひとめ見た時に一瞬、きらめいた、君の瞳にひどく似ていると思ったんだ。ねえ、あと何度、僕たちは、あと何度、ワープしたら、やっと手を取り合えるのかな。また今もだめだったね、と血だらけのアスファルトをぼーっと見つめる。実はね、僕、言ってなかったんだけど、魔法が使えるんだ。嘘だよ。君が台無しにした透明なあの夏を、奇跡を、何度も使い古された運命を、僕は何度生きても同じように大切にしてしまうから、ごめんね、また君に会いに来るかもしれない。それが何億光年も先でも、必ず会いに来るよ。待っていて。永遠に近しい一瞬を重ねて僕たちは、織姫と彦星の真似事をしていた。騙されないで、と震えた声で君が言った。涙が時空を超えてどこかの国で雨が降って土が潤って、また命が誕生する。君と蝉はよく似ているよね。ぽとり、と茶色い抜け殻がコンクリートに落ちて、あ、と思う。偶然なんかこの世にひとつもないよ。君が証明してみせた。青空は平和の象徴なんかじゃない。戦意だ、戦意だよ、空襲みたいに落ちていく命を、湖を、逆さまになった頭を、ワンピースを、どうか僕、来世もまた似たようなものを似たような世界線で掴めますように、と祈って輪廻転生する。君が生まれてしまった季節に。

インカレポエトリ叢書XVII
EXPLOSION
二〇二二年一一月二五日　一刷
二〇二三年五月一日　二刷
著　者　真夏あむ
発行者　知念明子
発行所　七月堂
〒一五四―〇〇二一　東京都世田谷区豪徳寺一―二―七
電　話　〇三―六八〇四―四七八八
FAX　〇三―六八〇四―四七八七
印刷　タイヨー美術印刷
製本　あいずみ製本

EXPLOSION

ISBN978-4-87944-513-1 C0092